醒来的人

[波斯]鲁米/著

[美]沙赫拉姆·希瓦/译 白蓝/译

RUMI: THE BELOVED IS YOU
Copyright©Shahram Shiva
All rights reserved.
版权所有，翻印必究
北京市版权局著作权登记号：图字01-2022-4294号

图书在版编目（CIP）数据

鲁米：醒来的人 /（波斯）鲁米著；(美) 沙赫拉姆·希瓦，白蓝译. -- 北京：华夏出版社有限公司，2024.2（2025.3重印）

书名原文: Rumi: The Beloved Is You: My Favorite Collection of Deeply Passionate, Whimsical, Spiritual and Profound Poems and Quotes
ISBN 978-7-5222-0526-7

Ⅰ.①鲁… Ⅱ.①鲁…②沙…③白… Ⅲ.①诗集－伊朗－中世纪 Ⅳ.①I373.23

中国国家版本馆CIP数据核字(2023)第119809号

鲁米：醒来的人

作 者	[波斯]鲁米
译 者	[美]沙赫拉姆·希瓦　白　蓝
责任编辑	陈　迪

出版发行	华夏出版社有限公司
经　销	新华书店
印　刷	三河市万龙印装有限公司
装　订	三河市万龙印装有限公司
版　次	2024年2月北京第1版　2025年3月北京第3次印刷
开　本	787×1092　1/32开
印　张	6.5
字　数	70千字
定　价	59.00元

华夏出版社有限公司
网址:www.hxph.com.cn 地址：北京市东直门外香河园北里4号 邮编：100028
若发现本版图书有印装质量问题，请与我社营销中心联系调换。电话：（010）64663331（转）

The Beloved is You
你就是一切的源头

目录

关于鲁米 / 1

前言 / 12

你就是一切的源头 / 1

爱的力量 / 67

对小酒馆的狂热 / 105

深处的鲁米 / 121

鲁米：为21世纪赋予灵感的诗 / 157

关于沙赫拉姆·希瓦 / 173

译后记 / 177

CONTENTS

BIOGRAPHY OF RUMI / 1
FOREWORD BY DEEPAK CHOPRA / 12

THE BELOVED IS YOU / 1
THE POWER OF LOVE / 67
THE CULT OF THE TAVERN / 105
DEEP RUMI / 121
INSPIRED POETRY FOR THE 21ST CENTURY / 157

ABOUT SHAHRAM SHIVA / 173
POSTSCRIPT BY TRANSLATOR / 177

BIOGRAPHY OF RUMI
关于鲁米

莫拉维·贾拉鲁丁·鲁米（Molana Jalaluddin Rumi，1207—1273），历史上最伟大的天才诗人之一。他是苏菲派莫拉维教团创始人，倡导追求热情与狂喜是天人合一境界的唯一途径。他被许多历史学家和现代文学家视为人类历史上最具影响力的诗人兼哲学家，其影响力甚至超过但丁和莎士比亚。他的作品从19世纪起被引入西方世界，至今已被公认为世界文学中的瑰宝。

"鲁米"意指来自东罗马帝国。鲁米原名穆罕默德，贾拉鲁丁是他的称号，意为宗教圣人。后来他也被尊称为莫拉维，意为大师、长老。鲁米1207年9月30日生于波斯帝国东边的巴尔赫城（Balkh），即今日阿富汗所在地，最终他定居在科尼亚城（Konya），即今日土耳其所在地。现在有三个国家都称他为他们国家的诗人：伊朗、土耳其和阿富汗。但是，现在的这三个国家当时其实并不存在。伊朗以前叫波斯帝国，一个君主专制国家，比今天这个国家要大得多，包括今天伊朗及阿富汗的全部，还有巴基斯坦、土库曼斯坦、塔吉克斯坦、乌兹别克斯坦、土耳其及伊拉克这些国家的一部分。那时土耳其还不存在，而阿富汗是老波斯帝国呼罗珊省的一部分。

鲁米出身于书香世家，他的父亲是一位有学识的神学家。为了躲避当时蒙古人的侵略，他们全家逃往麦加，在穆斯林地区几经辗转之后，最终在土耳其安纳托利亚的科尼亚定居。鲁米自幼受父亲的教育和熏陶，在伊斯兰教神学、哲学和文学等方面打下了坚实的功底。父亲去世后，鲁米在1231年继承父业，成为一名伊斯兰教的学者。

将鲁米引入神秘主义之门的是一个名叫沙姆士的苦修僧人。与沙姆士在1244年的相遇，使鲁米发生了巨大的转变。用鲁米自己的话来说："我从人类身上看到了从前认为只有在真主身上才有的东西。"他开始成为一位神秘主义诗人。鲁米把他的抒情诗集命名为《沙姆士·塔布里兹诗歌集》。这部诗集收录了3230首抒情诗，共计35000诗行。诗中运用隐喻、暗示和象征等艺术手法，通过对"心上人""朋友"的思念、爱恋和追求，表达修道者对真主的虔诚和信仰，阐发了"人主合一"的苏菲之道。

八年之后，沙姆士去世。为了纪念这位挚友，鲁米创立了苏菲派莫拉维教团，即我们熟知的"旋转的苦行僧"。鲁米通过诗歌、音乐和旋转舞将苏菲们引向对真主的爱，最终进入与真主合一的境界。

在生命的最后13年中，鲁米创作了诗歌巨作——叙事诗集《玛斯纳维》（*Mathnawi*）。该诗集共6卷，51000余行。这是应他最喜欢的学生胡萨姆·丁·查拉比（Husam al-Din Chalabi）的要求而写的。在这部鸿篇巨制中，鲁米将苏菲教义以诗歌的形式传达出来，更易于苏菲们的理解和记忆。整部诗集都是由鲁米口述、胡萨姆听写而成。

《玛斯纳维》被誉为"波斯语的《古兰经》"。诗集取材广泛，内容异常丰富，以寓言、传奇和故事的形式传达了神秘的苏菲学派的哲学和宗教思想，被誉为"知识的海洋"。

《玛斯纳维》第6卷最后一个故事在讲述到一半时戛然而止，显然，鲁米还没有来得及讲完他的故事。他于1273年12月17日去世。此后，每年的这一天就成了苏菲们庆祝的节日，他们把这一夜称为"合一之夜"。

此外，鲁米还有《讲道集》和《书信集》等著述传世。

鲁米在波斯文学史上享有极高的声誉，他与菲尔多西、萨迪、哈菲兹齐名，四人有"诗坛四柱"之称。集诗人和神秘主义者于一身的鲁米，受到过诸如黑格尔、柯勒律支、歌德、伦勃朗、教皇约翰二十二世等人的赞誉。随着20世纪60年代在美国兴起的新时代运动的发展和兴盛，西方人把目光投向古代、投向东方，寻求一切可能满足他们心灵渴望和精神追求的灵性源泉。在20世纪90年代，经由鲁米诗歌英译者的努力，700多年前的苏菲神秘主义诗人鲁米，令人难以置信地成为当代美国最受欢迎的心灵诗人，一本收录了他代表作的英译诗集在美国销量达到50万册。关于鲁米和鲁米的诗，在中国，不久的未来，相信定会有胜过美国出现的奇迹。他的诗歌被重新谱曲并演唱，成为进入音乐排行榜的畅销音乐。甚至苏菲们的旋转舞，也被吸收成为现代舞的舞蹈语言。

要准确和深入理解鲁米的诗歌，就要对伊斯兰教神秘主义苏菲派有所了解。历史记载，苏菲派（Sufism）是伊斯兰教内部一个非主流派别，包括很多彼此独立的教团，教团的首领即长老。在教团内，由长老传道，指导教徒修行。据说，鲁米领导的莫拉维教团是较著名的一个苏菲教团。苏菲派通过禁欲苦修、克己忍让和行善济人来进行自我修炼和净化，最终进入自我消解、与挚爱者合一的境界。苏菲派最重要的仪式为齐克尔（Zikr），要反复念诵颂主经文或语句（从数百遍到十万遍不等），往往伴随着诗歌、音乐和舞蹈。通过不断地颂主，伴以悦耳的歌唱、婆娑的舞姿、激烈的旋转，苏菲们会慢慢进入恍惚、陶醉、出神、狂喜的状态，获得与真主合一的体验。

从这点来看，鲁米其实是苏菲当中的苏菲，也就是，他其实并非苏菲，而是身在苏菲教团，但远远超越了、超脱于苏菲。你看：

不要谈论夜，因我们的日子没有夜。
每种宗教都有爱，爱却无宗教之分。

爱是海洋，无边无岸，
很多人溺水，却听不到后悔的呻吟、对真主的呼唤。
不管我头放在哪儿，他都是头下的枕垫。
在六方及六方之外，他都是真主。
花园、花朵、夜莺、旋转舞，以及伴侣。
这些统统是借口。他才是我唯一的理由。

鲁米的诗歌表达的是人类永恒不变的主题：爱、生命、死亡。对真主的爱，以及与真主合一是鲁米诗歌尤具特色的主题。真主在鲁米诗集里被称作挚爱者。鲁米用诗歌表达对真主、对万物之源的爱，并不会让现代人无法理解和接受，因为鲁米描述的确是人类终极想要达成的，反倒更适合无神论者和怀疑论者阅读。盲目的信仰的羔羊其实是鲁米已经摒弃的——自从他被沙姆士这个觉者点燃之后。正如鲁米诗中描述：

他们说："头脑的爱更好，
所有信仰中，偏见更好。"
是的，你们的话如金子般闪烁，但是，

我的生命，献给沙姆士·塔布里兹，更好。

鲁米诗集反复在阐释的，是很多觉者一直在重复的：修行就是求证一道证明题。答案已给出。醒来的你就是一切的源头。

首先，你要知道，你要求证的，就是这道已经有答案、有等式的证明题。多数人是不知道也不相信这一点的。

其次，你要求证，要经历一个求证的过程。就是这个求证的过程，耗费了恒河沙的行者一生甚至数生的光阴，也演绎出那么多故事。鲁米已经完成这个求证的过程，我们多数人依然在这个求证的过程中，是恒河沙的行者中的一粒。有的人甚至还没有开始这个过程，也有的人惧怕经历这个过程，依然在两个世界里沉溺贪玩。

一旦生起完全的自信，你就会突然发现，原来你自古及今，乃至未来，从来都是觉者，同时也是被爱者。不过是随着发心、愿力及赋予的角色的不同而示现不同的比例而已。鲁米的诗就能给你这种自信。开悟、觉醒是每个人的专利，是每个诚实的人，真正放开、放下的人的专利，不是给道貌岸然的人准备的，和宗教无关，和道德无关，是和死相关的。而这死，并不是身体的死，它是头脑的死，是头脑的降服。降伏其心，让头脑静默，给直觉让路，你会即刻看到星星的升起，甚至七重天堂都因而失色，因为星是你的星。其实，星也不是你的星，不过是你在为自己创造生命的一个示现而已。当你允许你的心、你的直觉发挥作用，让头脑让路，当你觉醒，你在加速创造你的生命，因而你便会时时喜悦到疯狂，时时看到光，时时感受到挚爱者的其实就是你自己的无边的爱。

在纯净之水，我似盐消融，
亵渎不再，信仰不再，确信不再，犹疑不再。
在我的心底，升起一颗星，
竟令七重天堂失色。

鲁米的诗，虽时隔800年，但他吟唱的那亘古不变的真理却是历久弥新，纵使千年万年，也是鲜活如初。如老子的《道德经》，如《庄子》，如《金刚经》，却又是有着独特的诗意，有着独特的音乐与舞蹈的因子。看《道德经》，看《庄子》，看《金刚经》，或许你会拍案叫绝，或许你会醍醐灌顶，但你很难有歌唱的冲动，也很难有飞舞的渴望，但读鲁米的诗，你是有的，而且是强烈的。

他的诗让你完全打开自己，丢掉所有的矫饰，丢掉所有的盔甲，丢掉所有的头脑，让头脑死去，只让本能和直觉主导，让自己变成俗人眼中的疯子，而这疯子恰是多数真正求道者眼中的觉者。

今天挚爱者要我发疯。
我已发疯，但他要我再疯一点。
若非如此，那么为何他撕下面纱？
我已失态，但他要我原形毕露。
当你发现自己和挚爱者在一起，有一刹那的拥抱，
那一刻你会发现你真正的命运。
啊，不要破坏这宝贵的时刻，
这样的时刻非常、非常稀有。

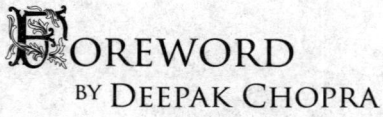

Foreword
by Deepak Chopra

前言

迪帕克·乔普拉

西方文明历来向往东方思想和文化。最突出的例证便是来自《旧约》和《新约》的教义和故事。还有《辛巴达历险记》和《一千零一夜》冒险故事里的寓言，其中有颇受欢迎的、十分可爱的角色，如阿拉丁和神灯。还有瑜伽以及印度教和佛教教派、东方神秘主义。此外，还有古苏美尔人和埃及人的神秘故事。

然而，鲁米并不是第一个在西方受到欢迎的古典波斯诗人。大约一百年前，另一位波斯文化和科学巨子，奥马尔·卡亚姆在这里广受欢迎。他的短诗被称为"四行诗"或"鲁拜（rubaiyat）"，都是毫不掩饰的激情、饮酒、聚会的故事，简而言之，不带宗教负罪感地享受生命，成了读者们趋之若鹜的禁果。

奥马尔·卡亚姆在西方最受欢迎的时候，比今天的鲁米要出名得多。例如，20世纪40年代、50年代和60年代的至少四部好莱坞大片中都引用过卡亚姆：《欢乐音乐妙无穷》（1962）、《冷暖人间》（1957）、《潘多拉与飞翔的荷兰人》（1951）和《格雷的画像》（1945）。还有一部传记片《盖世奇侠奥马尔·卡亚姆》（派拉蒙影业-1957）。这些电影代表了美国文化中颇为流行的一面。相比之下,除了HBO电视网的电视剧《六尺之下》中的一集引用了鲁米,他在美国电影中几乎无迹可寻。

三十多年来,我一直在研究鲁米,并与世界分享鲁米。在纽约,我二十岁出头的时候,就开始即兴翻译鲁米的诗,当时就像这个事儿已经做过好久。我们今天所喜爱的鲁米是他人生最后二十五年的智慧结晶。在此期间,他创作了上万首精练而富有思想的诗歌,主题丰富多样。这一非凡的艺术时期发生在鲁米的小儿子为家族名誉杀害鲁米的导师沙姆士之后。请参考我的书《鲁米未解之谜:来自三十年的研究》,来了解他丰富多彩的一生。

鲁米的上万首诗几乎涵盖了所有可能的主题。这些主题包括深刻的哲学和神秘学的思想、酒醉狂欢、反权威的宣泄、轻松的历史故事、单纯的人生教义、激情的爱情故事,甚至貌似色情的诗。在诗歌创作上,他如此多产灵活,出口成章亦不在话下。

你就是一切的源头

《鲁米:醒来的人》一书能让读者对许多此类主题的最佳诗歌窥斑见豹。书中有绝妙的引语、四行诗和颂诗。这本诗集收录了我一直以来最爱的鲁米诗歌。我把它们分为四个部分。第一部分是关于他最爱的神秘学和灵性教义。

爱的力量

第二部分是他广受欢迎的热情洋溢的有关爱的诗。鲁米认为爱是成长的真正载体。然而,他教导我们,爱的体验和示现始于你,也终于你。正如鲁米在他的许多诗歌中指出的那样,在他找寻的最后才发现,他一直在找寻自己,而挚爱者并非别人,正是他自己。他写道,他正从内在敲着扬升之门,而真正的神灵就是"觉醒的你"。

对小酒馆的狂热

然后我分享了同样受欢迎的《对小酒馆的狂热》选段,其中提到酒醉。鲁米的酒醉诗有多重含义。鲁米想让我们知道,对他来说,这些诗代表着一种由运动、呼吸和旋转舞带来的欣喜若狂的出离感。然而,它们也代表着狂野的派对之夜。可不要忘了,波斯神秘主义并非鲁米首创。它已有至少四千年的历史。鲁米不过是一个过客,短暂体验了一遭。另一方面,沙姆士是真正的神秘派,是他点化了鲁米。鲁米曾经可能过着循规蹈矩的日子，但沙姆士恰逢其欲疯之时，遂达其疯愿。作为狂野的神秘派，沙姆士可是声名在外。《对小酒馆的狂热》中的不少诗都是在叙说他那自由放光的活法。

深处的鲁米

第四部分，我称之为深处的鲁米，仅献给神秘主义者。鲁米这种高度提升的神秘一面，并不为东西方的多数粉丝读者所知。人们想要有共鸣的内容，倾向于被他轻松的作品吸引，比如他的圣经引语、人生教导和关于爱的诗。然而，鲁米是神秘巨子，他早期大量诗歌都意在传达严肃的教义，但好似编入了暗语代码。这些话只会在对的地方对的时间才能引起共鸣。

诗集增加了一章，是专为21世纪量身定做的鲁米赋予灵感的诗歌韵律。

我很荣幸，也很高兴与你们分享我最爱的鲁米引语和诗歌。

The
BELOVED
is YOU

你就是一切的源头

本章是关于鲁米最爱的神秘学和灵性教义。

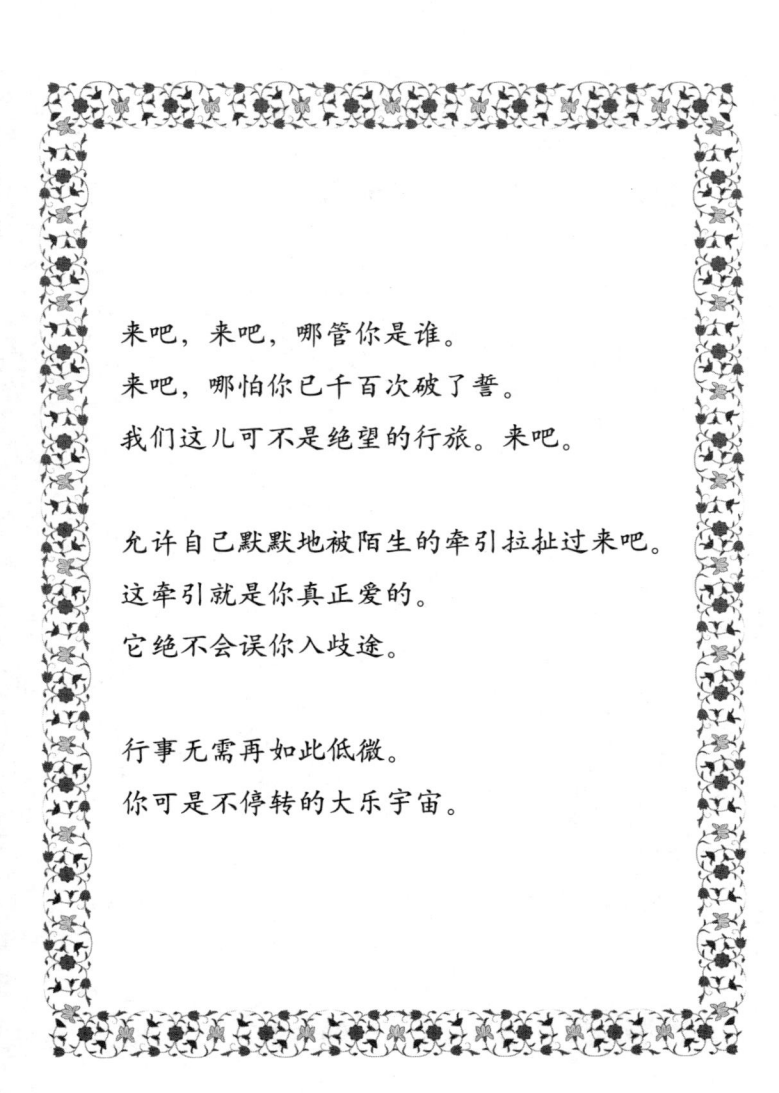

来吧,来吧,哪管你是谁。
来吧,哪怕你已千百次破了誓。
我们这儿可不是绝望的行旅。来吧。

允许自己默默地被陌生的牵引拉扯过来吧。
这牵引就是你真正爱的。
它绝不会误你入歧途。

行事无需再如此低微。
你可是不停转的大乐宇宙。

你就是一切的源头

随着我走的每一步,
贪执依次滑落。
遮我的纱褪去。
幻相也被震碎。
我看到挚爱,亮而美。
我恋爱了。
你难道看不出
我在爱恋的恰是我自己。

爱你自己

向我自己说再见,他盼我如是。
称心地坐着,他盼我如是。
我一辈子都在费劲地取悦他人。
取悦我自己,他盼我如是。

你真正的来处

你把自己当成是这地方的人。
你觉得自己属于这个尘与土
的世界。
从这尘,你造出人形,
也忘了
你真正的来处。

爱对我说

我崇信月神。
是她向我诉说烛光的柔,
还有我的月神的甜。

不要说什么悲伤,和我说说那个宝藏吧,
对你,要是它不可说,那就不说。

昨夜,
我的现实松了绑,陷入癫狂。
爱看见了我,说,
是我来了,在给你擦眼泪,什么也别说。

我说,噢我爱,
我好怕,但那不是你。
爱对我说,

没有什么不是我。
什么也别说。

我会在你耳边悄声说出秘密,
只需点头称是,什么也别说。
一轮灵魂的月照在我的心路。

我说,噢我爱,
这是什么样的月?
爱对我说,
这不是你该问的。
什么也别说。

我说,噢我爱,
这是什么样的脸,是超世的还是俗世的?
爱对我说,
这超出了你所了解的所有。
什么也别说。

我说,快给我揭秘吧,
我快要闷死了。

爱对我说,
这就是我想要你待的地方:
一直待在边上,
什么也别说。
你还待在满是幻相的屋,
马上离开,什么也别说。

我说,噢我爱,
跟我说说:
宇宙知道
你在这么对我吗?
爱对我说,
是,他知道。
你千万什么都别说。

你的身体是小旅馆

听着，噢美丽的灵魂。
每天都有新的盛宴
闯入你的生活。
总有全新的体验。

你的身体就像小旅馆，
迎接隐秘世界的客。
有的积极向上，
有的悲惨凄怆，
还有的疯癫发狂。
这所有的所有，照出你所需。
为你指明扬升之道。
挑战着你种种所信。

只要是来自隐秘之地的，
都要无怨无悔地接收。
来到你身边的要统统欢迎，
不生评断。
记住，每位客人，
仅短暂停留，
只为你的成长而来。

他笑得像一朵盛放的玫瑰，他说，到火里来。
你会看到，你本以为的火焰，不过是茉莉而已。
心中若有光，便会找到回家的路。
你的内在，盛有清晨，正欲跳进光里。

喜乐的生意

我看到悲伤拿着一杯痛苦。
我说，嘿，悲伤，看你这个样子我也不好过。
你遇到了什么坎儿？这杯子又是怎么回事？
悲伤说，
我还能做得了什么呢？
你带给世界的所有这喜乐，
已把我的生意一抢而光。

你担心得太多

噢,灵魂,你想得太多。
你说,我让你头晕目眩,
还有点头疼,那又怎样?
你说,我是你的月亮脸一样的美人。
月亮在循环,岁月在流逝,
有什么可挂心的呢?
你说,我是你的激情之源,让你燃烧。
这正中魔鬼下怀,那又怎样?

噢,灵魂,你担心得太多。

看看你,变成了什么样子。
你本是甘蔗田,
为何给我看苦瓜脸?
你说我让你内心温暖,

又为何发出冷叹?
你已上达天穹,
对这尘世,又为何挂心?

噢,灵魂,你担心得太多。

你已怀揣奇珍异宝。
你是约瑟、大美、强健,
对你所信坚定不移,
整个埃及都因你而醉。

有人对你的美视而不见,
对你的歌充耳不闻,
那又怎样?

噢,灵魂,你担心得太多。
你已看到自己的力量,
自己的美,
还有金色翅膀。

哪怕少了些什么，那又怎样？
你本是灵，属灵，归灵。
你是护身符，
是爱人魂灵的庇护。
噢，万王之王，
还有什么可挂心的呢？

默默，像鱼，游入那喜悦的海。
你已在深海，
是炽热的生命之火。
还有什么可挂心的呢？

天亦老

你眼所见的都来自眼所不见的地方。
如同此说,其上如是,其下亦然。
那眼所不见的力量也在你内在。
你一来到这个世上,
逃生门就搁在你眼前了,
万一用得着呢。

从土,你变成植物。
从植物,你变成动物。
之后,你变成人,
被赐予知识、思想和信仰。

看那由尘而生的身,
多么完美。
你为何要怕它终老?

你何时因为死而少了什么?

当你脱掉这个肉体,毫无疑问,
你会成为天人,翱翔于重天之上。

但不要止步于此,
哪怕天人也有终老。

要再度飞过更高的重天,
跃入意识的浩瀚之海。

让那水滴,也就是你,
变成上百个汪洋海。
但不要以为只有那水滴变成了海,
海也变成了那水滴。

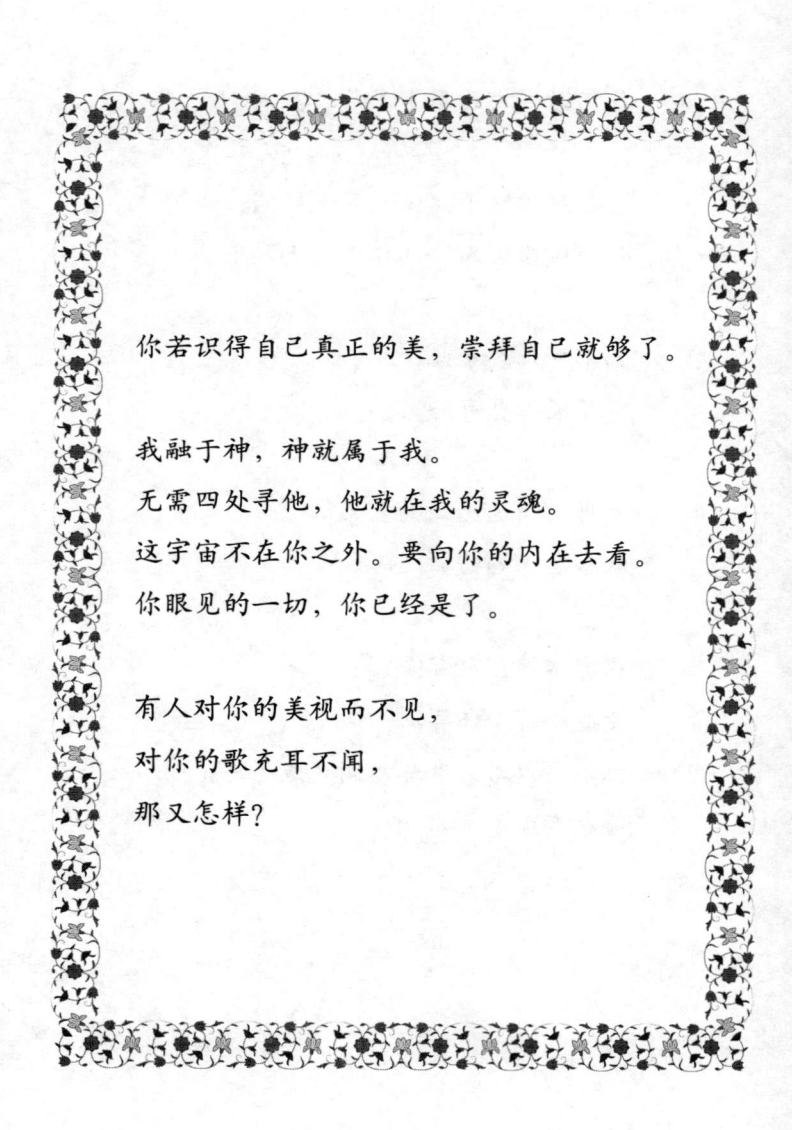

你若识得自己真正的美，崇拜自己就够了。

我融于神，神就属于我。
无需四处寻他，他就在我的灵魂。
这宇宙不在你之外。要向你的内在去看。
你眼见的一切，你已经是了。

有人对你的美视而不见，
对你的歌充耳不闻，
那又怎样？

你已经是了

你可知你是什么?
你是神谕的手稿。
是一面镜,
映照高贵的面孔。
这宇宙不在你之外。
要向你的内在去看,
你想要的一切,
你已经是了。

造物的无限天

抑郁怎么会在
充满喜悦的人身上生根发芽?
听着,大地承受着一切苦难的重担,
并拥它入怀。
但我们已远离这大地和它所有的艰辛。
我们眼见的只有造物的无限天。

从里面敲门

如果你想找出至伟之宝,
不要向外看,要向自己内在看。
创造的辉煌填满其中。
你是发自内心的大喜乐。
听着,多年来我一直在敲自由之门,
当它终于打开我才发现,
原来我一直是从里面敲的。

只有你存在

你被这个满是雾和镜子的屋愚弄了。
这种错觉乍一看似乎是真实的,
但这只是幼稚的游戏。
当你在自我觉醒的路上成长,
你会发现只有你存在。
然后你会看到,
通往自由的两扇门大开着,
是为了你的飞升。

我是来照亮的

我来，
是要牵你的手，
把你带到我自己面前。

我来，
是要照亮你的路，
在你踏上之时。

我会让你无罪，
无惧，
然后我会把你放在
宇宙间最亮的点。

如同春风，
我来到你的花田，

如此我可留你在旁，
紧抱着你。

我来，
是要牵你的手，
把你带到我自己面前。

我来，
是要照亮你的路
在你踏上之时。

就像爱人的呐喊，
我会助你上至天穹。

从大地的尘埃变到人形，
有千步之多。
每一步我皆与你同在，
牵你的手，
陪你一起走。

我将与你同在,
当你脱掉这人形,
翱翔至最高重天。

嘘，对神，什么都不用说

看看我流血的心吧，
还有泪流咆哮如河。
一切你所见，任其溜走吧，
嘘，对神，什么都不用说。

昨夜，你的灵魂来到我心房，
敲门说：来吧，把门打开。
嘘，对神，什么都不用说。

看到你，我咬着手，
我说，渴望你的心好痛。
他说，我只归你，把手放下吧。
嘘，对神，什么都不用说。

他说，你是我的乐器，
若无我的唇吻，你是哭不出的。
但关于那神秘旋律，
嘘，对神，什么都不用说。

我说，别再拖着我的灵魂到处走。
他说，不管我带你去哪里，都要快，
嘘，对神，什么都不用说。
我说，你怎么能要我什么都不说呢，
当我知你竟会邀请我
在火焰里舞，
还能放手拥抱你的爱焰，
我怎么能什么都不说呢？

他笑得像一朵盛放的玫瑰，
他说，到火里来。
你会看到，
你以为的火焰，
不过是茉莉而已。

你以为的热气,
不过是树上的一片叶子而已。

你以为的炫光
不过是一地郁金香而已,
尽管踏入。
嘘,对神,什么都不用说。

火焰变成会说话的玫瑰,
热气把我抱在温柔的怀,
它说,除了爱人的善良,慷慨,
嘘,对神,什么都不用说。

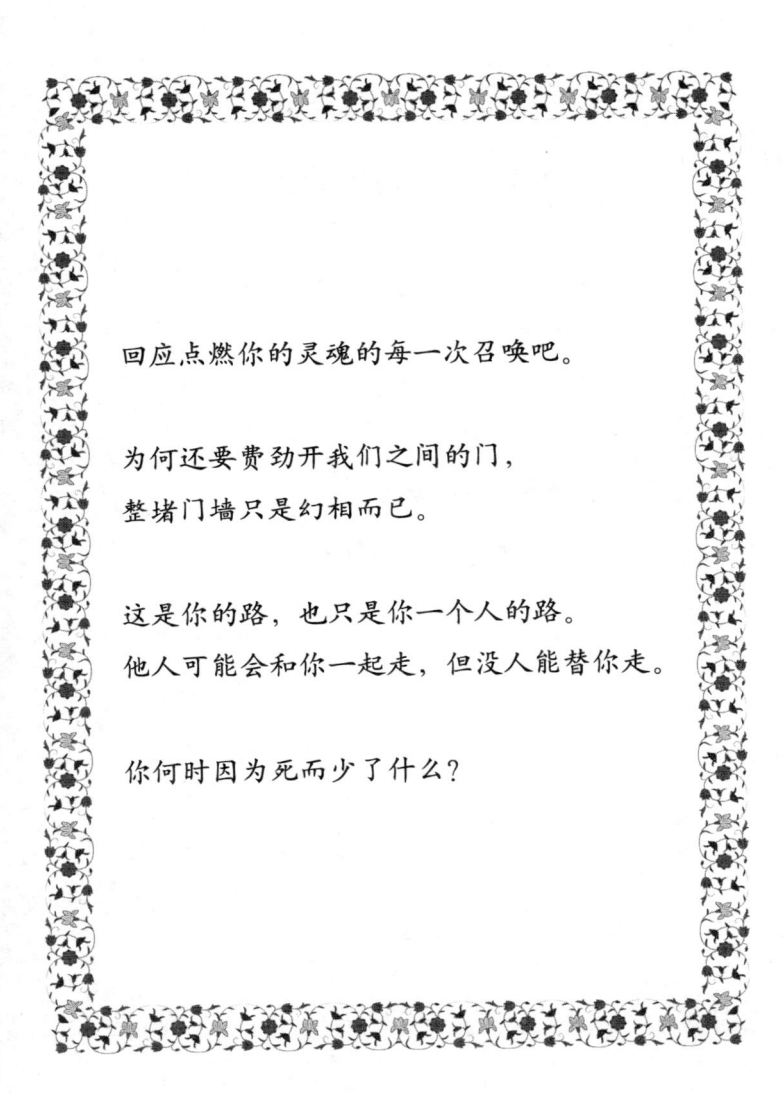

回应点燃你的灵魂的每一次召唤吧。

为何还要费劲开我们之间的门,
整堵门墙只是幻相而已。

这是你的路,也只是你一个人的路。
他人可能会和你一起走,但没人能替你走。

你何时因为死而少了什么?

所以，你想要扬升吗？

所以，你想要扬升吗？
扬升不是
你从市场上买得到的。
没有人能给你，
扬升要拿命来换。
否则，它也不会有什么特别了。

因果

我是镜子,也是镜子里的脸。
我是歌手,也是歌手唱的歌。
我是因,也是果。
我是生命之水,也是盛水的杯。

不再唯诺

我总是按照别人告诉我的去做,
因为我什么也看不到。
别人叫我时我才来,
因为我找不到路。
之后我离开了所有人,
转身往内探寻。
在那里,
我找到了力量的真正来处。

选择你的伙伴

当你坐在花园里,
你会选择杂草还是花儿?
当你坐在人群里,
你会选择杂草还是花儿?

巫师

我用火焰创造了你,
现在把你放在火里。
你时时与我同在,
但并非时时知晓我的存在。
我是巫师,对你下了咒语,
现在你要使劲逃离。

我现在得到了你

我的脸上没有悲伤，
我的口中满是酒，
我的衣服被扯下，
看看你都对我做了什么。

他说："我就是干这个的。
把层层遮羞布扯下。
把愧辱消融。
把秘密吐露。"

他动得太快。
一息，他在窗外。
下一息，他却在我的衬衫里。
我想不明白，我的心不在这里，
我只看得到他。

现在!
我内在有了新的生命。

七重天都盛不下他,
但他在这里,撩我的衬衫。
啪,拧下一个扣。
啪,又拧下一个扣。

神之狮
看顾着我,我在他的咆哮里唱歌。

他说:"我现在得到了你。
我给了你生命,我创造了你,
我要做我想做的了。"

我是你的竖琴,
要么轻弹,要么用力弹,
要么压根别碰我的琴弦。

你知道的!
我想,
我现在得到了你。
在遇见你之前,
我只有一颗心,
一个身体,
只是走肉行尸而已。

但现在看看我吧,
我现在得到了你。

幻相散去

我把理智丢在酒里,
你已陷入癫狂,
那么谁,来带我们回家?
我说了不下百次,少喝一点。
你能在这镇上找到哪怕一个好好站着的人吗?
真是一个比一个糟,醉得没了头脑。

噢亲爱的,
来爱人的酒馆吧,
这样你就能看到真正的快乐是什么样的。
没和挚爱说过话,
灵魂能有什么样的快乐。

醉鬼遍布每个角落,
还有美丽的服务员,
拿着她的国王大杯。

你来自无限，
你与永恒合一。
酒是你赚来的，
酒是你花出去的，
对清醒的人，一个字都不要说。
演奏吉普赛的竖琴啊，
醉了谁，你还是我？

屋外，我看到一个醉醺醺的爱人，
每一眼里都有上百个下花园*。

就像一艘没有锚的船，他左右摇摆。
这就是醉鬼，虽然几百号的聪明人都妒忌死了他。
我问，你从哪里来？

他笑着说，
噢，比我的灵魂更珍贵，
一点来自土耳其人的土地。
一点来自富汗城，
一点来自水和泥，

一点来自魂和心，
一点来自海边，
其余则是
珍贵的粒粒珍珠。

我说，请好好待我，
我是你的人。

他说，对我，朋友和陌生人没什么两样，
我没有心，也没有脑。
我醉在酒里。
有一肚子的话。
哪些该说，哪些不该说呢？

噢，沙姆士，这都是你干的。
既然你把这些人翻了个底儿朝天，
怎又逃之夭夭呢？

---

* 注：下花园，译者经过查阅资料，推测应为"美丽的后花园"之意。

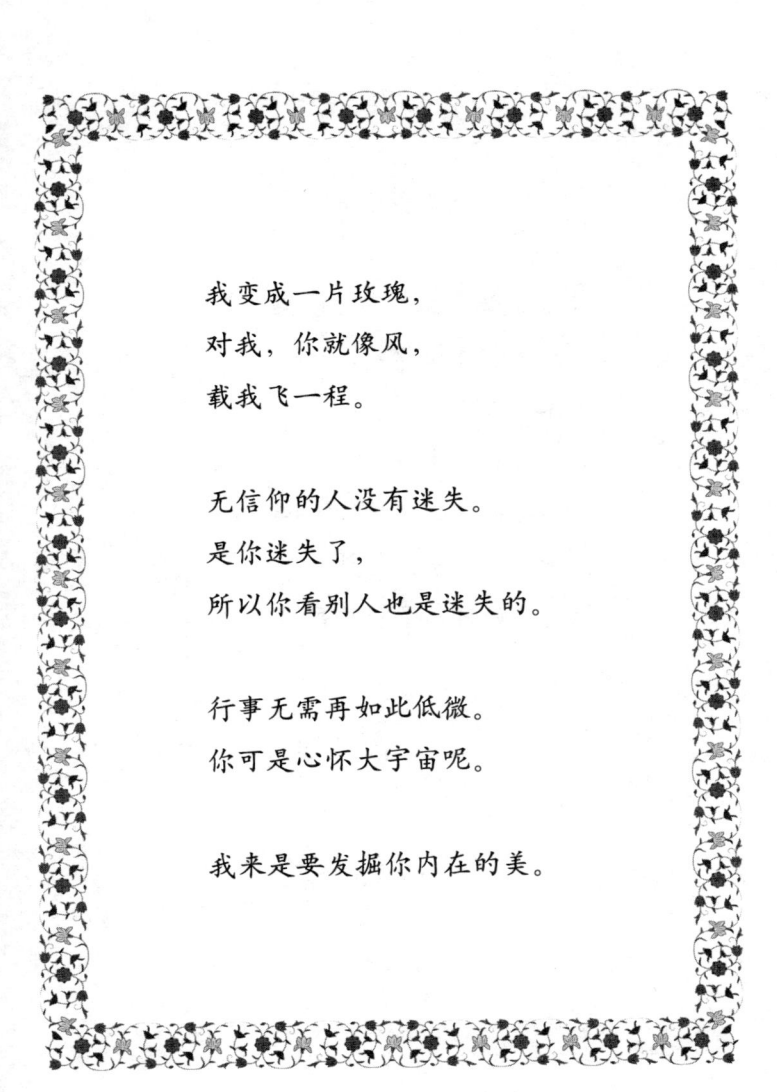

我变成一片玫瑰,
对我,你就像风,
载我飞一程。

无信仰的人没有迷失。
是你迷失了,
所以你看别人也是迷失的。

行事无需再如此低微。
你可是心怀大宇宙呢。

我来是要发掘你内在的美。

跳舞的宇宙

当你跳舞,整个宇宙也在跳舞。
万重天都围着你转,
无休的庆祝。
你的灵魂失了控。
你的身体拭去疲累。
一听到我拍手、打鼓,
你就开始跳起了旋转舞。

爱人的聚会

这是爱人的聚会。
在这聚会中,
没有高低,
没有聪愚,
也不是什么特别人的聚会,
没有宏大的话语。
无需规矩的宗教教导。
没有师父,没有徒弟。
这更像是一场酒醉的聚会,
到处都是骗子、傻瓜,
疯了的男男女女。
这是爱人的聚会。

现在轮到你了

现在轮到你了,
你等,耐心地等。
是时候了,让我们打磨你。
我们将把你内心的珍珠
变成一个火星。
你是金矿,你知道吗?
隐藏在大地的泥土中。
现在轮到你了,放你在火里。
让我们烧掉你的杂质。

是你,迷失了

不要告诉我基督徒迷失了。
不要告诉我犹太教徒迷失了。
不要告诉我异教徒迷失了。
唉,我的兄弟,是你迷失了,
所以你才觉得别人都迷失了。

从不自知

白天我赞美你,
却从不自知。
晚上我和你在一起,
却从不自知。
我一直以为
我就是我——噢不,
我就是你,
却从不自知。

没有不带刺的玫瑰

我的脸是秋天的,你的是春天的。
我的脸像一根刺,你的像一朵玫瑰。
除非这两者结合在一起,
否则无法生成一朵花。
乍一看,玫瑰和刺
一点儿也不像。
你得通过我的眼去看,
那时你就会笑这个喜乐的秘密花园了。

幻相碎

去咬不合嘴的钩。

去拿击碎幻相的真知。

爱人心中有个秘密。

去拿到那个秘密,

那是连加百利*都不知道的秘密。

* 注：Gabriel，加百利是天使长，在天堂位于重要的守护职位，传信为其职能之一，象征"智慧"。

长袍

噢我的心,
别那么容易气馁,
要有信心。
在隐秘之地,奥秘重重,
神迹多多。
哪怕整个星球拿你的命威逼,
也不要放开爱人的长袍丝毫,
哪怕是一口气的工夫。

赐予生命的花蜜

当你死去，你会得到另一个生命。
这就是生命的真相。
它注定是短暂的，而非永恒。
爱是永生赐予生命的花蜜。
是我们所说的生命之水。
走进这个生命的源泉，走进去，
你会看到每一滴水本身就是一片海。

名誉扫地

昨夜,
我名誉扫地不下千次。
我拉扯着那个伪君子的长袍。
从我们结合的喜悦和兴奋中,
心融为一体。
至于我的名声、名字,
我干脆地以石击碎,如玻璃碎去。

永生

你是生命的源泉,
你是长生不老药。
他们问,你不怕死吗?
我怎么能,
当我因你
变得如赫泽尔* 般不朽。

*注:Khezr,赫泽尔,隐遁的先知,长生不老。

和月亮同处一室

你知道今夜是怎样的聚会吗?
听着,聪明人,
但先让陌生人统统散去。
今夜很不一般,
因为我和月亮同处一室。
我喝醉了,月亮恋爱了,
黑夜疯了。

不要睡去

今夜我是你的客,不要睡去。
你是我的心、我的灵魂,不要睡去。
当你的脸从那扇门进来,
今夜就是圣洁之夜。
噢,寻爱之人的王。
噢,柏树满了几百个果园。
噢,微笑泉的花园。
噢,醉鬼心中的平静,
不要睡去。
没有你,世间不过是牢狱。
噢,不要睡去。

释放我的灵魂

噢亲爱的，请带我走，释放我的灵魂。
用你的爱把我填满，
把我从这世间释放，
我但凡记挂除你之外的任何，
就让火从里面烧我。
噢亲爱的，拿走我想要的，
拿走我所做的，
拿走我需要的，
拿走我从你身边夺走的一切。

不要睡去 II

今夜是
揭密之夜。
不要睡去。
把自己想成星,
绕着我的月亮转。
别人都在熟睡,很好,
因为你今夜有很多要做的。

源头

我对这世间无感。
我只想寻求一切的源头。
我只要源头。
我只为源头歌唱。

内心的低语

你自称善交易
懂科学。
却听不到
来自内心的低语。
除非你能听到那微弱的音声,
否则真算不上是这条路上的行者。

回去睡吧

回去,
回去睡吧。
是的,你获准了。
心中没有爱的你,
可以回去睡了。

爱的秘笈
为我们独有。
回去睡吧。
我被爱火
烧焦了。
你,既然心之不向,
可以回去睡了。

爱的路，
有数不清的沟沟坎坎。
你的爱和宗教
全都是控制、欺骗和虚伪，
回去睡吧。

我把言语的袍子撕成碎片，
再也不想开口。
还没脱光光的你，
可以回去睡了。

天堂鸟

昨夜
我走了,醉了,
我的心和我分离,离开了我,
到了遥远之地。

昨夜
我终于放下理智。
当我的心看到,它在展翅飞翔。
它没有去小酒馆,
也没有去市场。
不要在我朋友金匠的家里,
或珍禽异鸟的市场
寻他。

我的心是天堂鸟,
已经上了天。

我的心是顶得上众王的白鹰，
已飞去了万王之王。

要是你的心不与我同在

要是你的心不与我同在,
哪怕坐在一起也是无用。
要是你的嘴闭着,但你的心在燃烧,
哪怕沐浴在溪流也是无用的。
要是你的身体里没有灵魂,
脸上就没有光。
要是桌上没有食物,哪怕有银托盘,
也是无用。

哪怕你用琥珀和麝香
填满天地,
要是你走的不是内在成长的路,
填上所有的香也是无用的。

你要是逃离了这火,
会又酸又生,就像面团。

哪怕有百千个心上人环绕，
也是无用的。

打败这条龙

昨夜梦中,
在爱的小路,
我看见一位智者,
他挥手示意我走近。
他说,路上有一条龙,
爱就像闪亮的翡翠。
凭借这翡翠的光与纯,
你就能打败这条龙。

THE
POWER
OF LOVE

爱的力量

❦

　　鲁米认为爱是成长的真正载体。然而，他教导我们，爱的体验和示现始于你，也终于你。正如鲁米在他的许多诗歌中指出的那样，在他找寻的最后才发现，他一直在找寻自己，而挚爱者并非别人，正是他自己。他写道，他正从内在敲着扬升之门，而真正的神灵就是"觉醒的你"。

沐浴在你的光里，我学会了怎样去爱。
沐浴在你的美里，我学会了怎样做诗。
你在我胸膛里跳舞，没有人看见你，
但有时我看见，正是这种看见成了诗。

点燃你的生命吧，
并去找到点燃你的火焰的人。

有多少次呼吸，就笑多少次。
只要活着，就去爱。

爱，你是我的必然。
把我举到星星上。
当生命的爱人准备跳舞，
大地震动，天空也颤抖。

撵走大夫

爱的甜酒我才抿了那么点儿,
就病倒了。
身上疼,
还发了高烧。
请来的大夫说,
把这茶喝下去!
哎,那就喝吧。
他说,
把这药吃下去!
哎,那就吃吧。
大夫说,
把沾了爱吻的甜酒戒掉。
嘿,该撵走这大夫了。

爱是没有派别的

真正的爱人什么都不信，
这一点要确信。
因为在爱的国度，
没有信不信一说。
在爱里，
身体、头脑、心、灵魂压根无迹可寻。
成为爱，
从此永不分离。

爱人是我

爱人是我，洞穴是我，爱的甜蜜燃烧是我。
爱人是你，洞穴是你，沙姆士保护我。
诺亚是你，灵魂是你。
征服的，被征服的，都是你，
觉醒的心是你，
为什么不许我迈进你的秘密之门？

光是你，喜庆是你，胜利之地是你，
西奈山的鸟儿是你。
你用疲惫的喙啄着我。
水滴是你，海洋是你，慈悲愤怒都是你，
糖是你，毒是你。
求你别再不停地伤我。

太阳的轨道是你,金星的屋子是你,
点点的希望是你。
为我开路吧。
昼是你,夜是你,水和水罐都是你。
快来解我的渴吧,挚爱。

诱饵是你,陷阱是你,
酒是你,酒杯是你,
烤的、生的都是你。
求你千万别让我生着。

你要是不过于用我的身,
你要是不过于堵我的路,
你要是真想帮忙,
而不是让我难上加难。
噢,听听我这些胡话吧。

是时候疯起来了

爱再一次
倾泻在我那天花板和墙上。

满月夜又到,
是时候疯起来了。
我所有的渊博学识就只剩下后悔了。

失眠拿走我的耐心,
雨水冲走我的幻相。
爱人让我丢了工作。
可我的工作又有什么用?
再一次,飞升,飞升,飞升。

就像花园燃烧的样子,
是秋天里的上百种橙色,

爱人的心等得都枯了，
只为一丝丝挚爱的触摸。
现在，那个烧焦的花园的脸，
是我的花田。

看呐，有两百颗星，
围着我的月亮跳舞。

我那爱的生意风头正劲，
但顾问不要信。
我可受够了顾问、专家。
他们可是叫你冒牌货贾法尔*来着。

岂不知，
你是我的飞鸟沙姆士。
再一次，飞升，飞升，飞升。

* 注：Jafar，贾法尔，一般称其为曼苏尔（707-775年），意思是"胜利者"。原名艾卜·哲尔法尔·阿拔斯，阿拉伯帝国阿拔斯王朝第二任哈里发（754-775年在位）。因营建巴格达城而闻名千古。

在爱里死去

你以为你还活着,
是因为你在呼吸空气?
真丢脸啊,
你竟活得如此窘迫。
可千万别丢了爱啊,
否则跟死没什么两样。
在爱里死去,
方得永生。

爱神

去爱就是去成为神。
爱人的胸膛永远不会
感到任何悲伤。
爱人的袍子永远不会
被凡俗摸到。
爱人的尸身永远不会
埋在地下等人发现。
去爱就是去成为神。

我在打鼓

我在打鼓,
我在打鼓,
我在打鼓,
为我的爱越来越近的合一打鼓。
他们说,活得好好的,
总打鼓做什么呢?
我向那爱发誓,
哪天我要是不打鼓了,
就是要死了。

微笑泉的花园

我说,在花园里见我。
你知道的,就是微笑泉。
有夜莺滴溜溜地叫,
有酒和烛光,
还有石榴花一样柔的同伴。
这一切听起来如此完美,你想!
可没有你在旁,
微笑泉又有何用?
要有你在旁,
石榴花又有何用?

爱相思

我是一粒原子。
对我,你像是太阳的脸。
我得了爱相思,
对我,你像是药,
没有翅膀,没有羽毛,
我却飞来飞去地寻你。
我变成一片玫瑰,
对我,你像是风,
载我飞一程。

醉爱

爱人时时醉于爱。
他疯了,
她自由了。
他唱得欢,
她跳得疯,
为头脑困,
忧虑一重重。
为爱醉,
万般皆从容。

爱的触摸

爱的到来,
好比血液在身体里流。
它奔流在我的血管,
绕着我的心。

我所望之处,
皆是爱的触摸。

爱的触摸:
在我的左手掌,额头,眼睑,后脖颈,
大腿,指尖,双翅,右脚趾……

现在,
你眼见的我不过是个壳,
剩下都归了爱。

深爱

掺着痛的爱最好。
在我们镇上,
你若逃避痛,
便不是我们眼中的爱人。
要如此寻爱,
迎它入你的灵魂,
再看你的灵魂喜极而飞。

有一滴是希望

爱没有根。
它是无尽的海,
无始无终。
想象,
一片悬浮的海,
正骑在古老奥秘的垫子上。
众灵魂统统淹没其中,
受困。
海里只一滴水是希望,
剩下的都是恐惧。

对爱的游戏无能为力

我对爱的游戏无能为力。
你怎能指望我
表现得谦虚呢?
你怎能指望我
做乖孩子呆在家里呢?
你怎能指望我
做喜欢被锁住的疯子呢?
噢,我爱,你每晚都会找到我,
在你的街上,
我的眼黏在你的窗,
只等一见你发光的脸。

美好时光

为疗愈你悲伤的燃烧,
我去找火焰。
为收集你门边的尘,
我去找我的手掌。
为见藏于神圣背后的你,
我去找一段美好时光。

通往爱的门

他们说爱能打开一扇门,
从一颗心到另一颗心的门。
但如果连墙都没有,
哪儿来的门呢?

洞房

今夜如是
是永恒之地的创造。
这不是普通的夜,
是寻求合一之人的婚礼。
今夜,新娘和新郎
说着神的话。
今夜,洞房
看起来格外地亮。

爱的创造

论及经文中的见证,
我们说起你。
再纯洁的心,再高尚的风度,
也无法与你发光的脸媲美。
他们会问你,
你创造了什么。
告诉他们,
除了爱,
爱人还能创造什么?

每个细胞都长了翅膀

我的头要炸裂,
因着未知的喜悦。
我的心大了一千倍。
每一个细胞,
都长了翅膀,
满世界飞。
各自寻找
我爱的众多脸庞。

疯狂的心

我恋爱了。
这么多建议有什么用?
我喝了毒药。
这么多糖有什么用?
他们说快点,绑他的脚。
疯的是我的心,
用绳子绑我的脚,
有什么用?

爱包宇宙

有一种爱，
东方长生药生成。
有一片云，
千万个闪电浸透。
我的身里，
是他荣耀的海，
所有造物，
宇宙，
星系，
都淹没其中。

爱火

真想让你试试
爱的烈焰。
我身体里有火在烧。
哭不哭,
火势都在蔓延,
日夜不停。
爱人的心
在爱的金光里烧。

举世无双的爱

这世界比不上你的爱。
远离你
好比失去灵魂的死。
我的心,如此珍贵,
十万灵魂我都不换,
但你微微一笑就能换到。

唯一的爱

我不是我,

你不是你,

你不是我。

还有,我就是我,

你就是你,

你就是我。

我们以此

合二为一,

我不知是否

我就是你,

或你就是我。

问我有关爱的事

来吧,问我。
问我有关爱的事,
我会告诉你疯狂之为何,
问我上百个灾难。
问我上百个生命的转变。
问我上百个被火吞噬的沙漠。
问我上百个被血染红的海洋。

渴望派

你的心里有一支蜡烛,时刻准备着被点燃。
你的灵魂有一个空缺,时刻准备着被填补。
你感觉到了,不是吗?
你感觉到与挚爱的分离。
邀请他填满你,拥抱火焰。
提醒那些说反话的人,
爱会自动来到你身边。
对它的渴望
在任何教派都学不到。

愉悦之爱这般痛

这是我的困境,请帮我弄清楚。
你的爱是疗愈者。
你的爱是睿智的导师。
你的爱光芒四射。
你的爱根底是细腻、柔软。
我愿意忍受他的全部火力。
所有的渴望、所有的燃烧都是为了你的爱。
但如果你的爱如此令人愉悦,
为何还这般痛呢?

只以爱维生

我的身能够只以你的爱维生,
那还要这个灵魂做什么?
你的爱如此细腻、如此甜蜜,是什么做就?
它渗透到我的内心,
包裹着我的外在。
请如实相告,这真的是爱吗?
还是塔布里兹·沙姆士的眼神。
让我的灵魂如此迷恋。

你拥有太阳

昨夜，我的爱人来了。
终于现了身。
他一定是心情很好。
他叫我不要吐露秘密。
我说，你以为你能糊弄得了谁？
太阳，月亮，你都坐拥在怀。
哪儿还有你的光照不到的地儿。

爱城

掺着痛的爱最好。
在我们镇上,
你若逃避痛,
便不是我们眼中的爱人。
要如此寻爱,
迎它入你的灵魂,
再看你的灵魂喜极而飞。

冒傻气

我们是怎么做到的,我有时不清楚。
我很任性,醉醺醺的,
有时还冒点儿傻气。
他很敏感,没有耐心,
动不动就烦。
我们还在一起的唯一理由,
是为了证明我们还在相爱。

母爱

环顾周遭,你要是瞧见了幸福,
那便是爱的杰作。
喜悦要是能开口,她会这么说:
"是爱生的我。"
至于我自己,我只认"爱"为母。
久远以前,混沌之初,
依旧是爱生的我。
数不清的祝福送给我真正的母亲。

内在之眼

你的爱是激情之源,
是一切之源。
它灼烧着我的灵魂,昼夜不歇。
别去找灰烬,你找不到的。
它们在我内里,一层又一层,
统统在内里。
哪怕激情和诱惑的海,
都洗不去这些灰烬。
等我死了,他们要是给我解剖,
你会发现有一千双眼盯着你的脸。

THE
CULT
OF THE TAVERN

对小酒馆的狂热

·◦∞◦·

鲁米的酒醉诗有多重含义。鲁米想让我们知道，对他来说，这些诗代表着一种由运动、呼吸和旋转舞带来的欣喜若狂的出离感。然而，它们也代表着狂野的派对之夜。可不要忘了，波斯神秘主义并非鲁米首创。它已有至少四千年的历史。鲁米不过是一个过客，短暂体验了一遭。另一方面，沙姆士是真正的神秘派，是他点化了鲁米。鲁米曾经可能过着循规蹈矩的日子，但沙姆士恰逢其欲疯之时，遂达其疯愿。作为狂野的神秘派，沙姆士可是声名在外。《对小酒馆的狂热》中的不少诗都是在叙说他那自由放光的活法。

放下你那盛满昨日的杯子,好来
畅饮此刻的荣耀。

不要送我回老朋友那里。我只有你
这一个朋友!在你这里,我无欲无求。

为头脑困,忧虑一重重。
为爱醉,万般皆从容。

为见藏于神圣背后的你,
我去找一段美好时光。

酒馆修道院

你的爱会把
修道院变成酒馆。
你的爱会把
拜神的集市
变成一片火海。

旋转舞对龙卷风

饱含爱与自由的
纯净美酒拿来。
但是,先生,龙卷风要来了。
那就接着上酒,我们要教这风
跳旋转舞的一点事儿。

美酒破幻

爱人
啜饮美酒,昼夜不停歇。
他们会不停地喝,
直到能把幻相的纱扯下,
把一重重的羞耻、谦逊都融化。
在爱里,
身体、头脑、心、灵魂压根无迹可寻。
成为此,
陷入爱,
从此永不分离。

醉爱

爱人时时醉于爱。
他疯了,
她自由了。
他唱得欢,
她跳得疯。
为头脑困,
忧虑一重重。
为爱醉,
万般皆从容。

见神酒醉

我走了,
再也不想喝酒了。
空无问我,
我也不知身在何处。

有时,我潜入海底,
有时,像太阳一样升起。
有时,宇宙因我而孕育,
有时,我生出宇宙。
我生命的里程碑是空无之处,
其他地儿都容不下我。

这就是我:
流氓,酒鬼。
在爱人的酒馆准能找到我。

我就是那个嘿哈乱叫的人。

他们问我为何不守规矩。
我说,现出你的真形,
才会看到我正常得很。

昨夜,我见神酒醉。
他咆哮道:
我就是个讨厌鬼,讨厌鬼。
数不清的灵魂呼喊:
但我们是你的,我们是你的,我们是你的。
你就是对摩西说话的那光,说着:
我是神,我是神,我是神。
我问爱,你是谁?
他说,我就是你,我就是你,我就是你。

叫醒醉鬼

把醉鬼从酒海里叫醒。
叫醒醉鬼,
就像灵魂被挚爱叫醒。

噢,送酒的人,
永生的赐予者,
从那古老的酒桶里再给我拿口酒来。

把你的灵魂做成大酒器。
来盛放挚爱的美酒。

看看那个朋友,他了解这种酒
根本不是用口喝的,
但他还是吐出舌头。
噢,给我倒酒,

从你的眼倒入我的眼。
倒吧,
要让嘴巴一无所知。

我的挚爱寄来一封信,
我臣服于它的雄辩。
噢,沙姆士,你的每一个字
像把珍珠洒满大地。

倾入我的口

我醉得很，
进出的路
都已忘记。
大地、月亮与天空也都模糊。
斟满酒的杯毋再放我手，
请倾入我的口，
因我竟也忘了口在何处。

看不见的酒杯

谁见过这么乱的地儿?
酒馆里挤满了醉鬼。
这么多桶碎在地上。
天堂的地板和天花板
都洒上了酒。
但谁又见到
有谁手里拿过哪怕一杯酒?

绝望小丑

又是一个早晨,倒酒。
没有酒的人生不过是慢慢等死。
从那金杯里就喝了一口,
那蜜甜立马把人世变天堂。
喝酒吧,再去笑他人眼里的绝望小丑。

不要等待天堂

他们说天堂是绝妙的,
有一壶一壶的佳酿,
还有数不清的美人在侧。
那为什么不现在就喝呢?
那为什么不现在就舞呢?
反正迟早都会是这样的。

我是酒

今天我狂乱地转,
在整个城。
我变成了酒,
杯子和酒侍合为一体。
也许学者会看到我,
继而扔掉他们的笔记。
也许人们会看到我,
继而忘掉他们的悲伤。

DEEP RUMI
深处的鲁米

·୧୨·

鲁米这种高度提升的神秘一面,并不为东西方的多数粉丝读者所知。人们想要有共鸣的内容,倾向于被他轻松的作品吸引,比如他的圣经引语、人生教导和关于爱的诗。然而,鲁米是神秘巨子,他早期大量诗歌都意在传达严肃的教义,但好似编入了暗语代码。这些话只会在对的地方、对的时间才能引起共鸣。

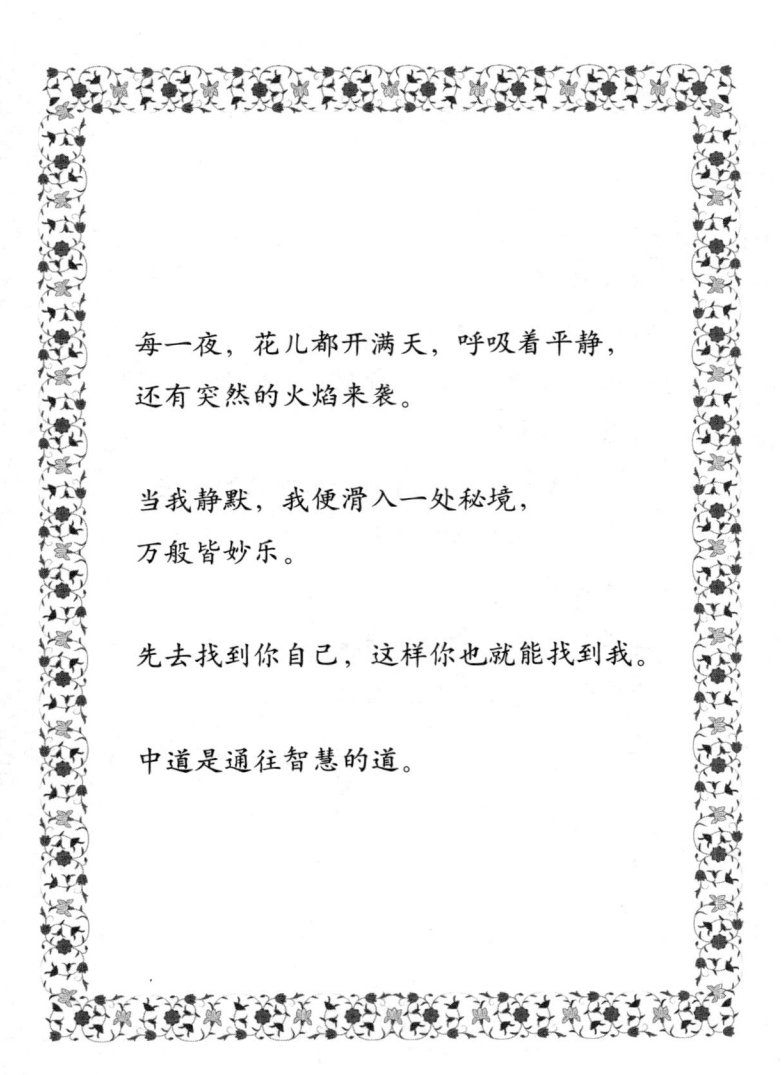

每一夜，花儿都开满天，呼吸着平静，
还有突然的火焰来袭。

当我静默，我便滑入一处秘境，
万般皆妙乐。

先去找到你自己，这样你也就能找到我。

中道是通往智慧的道。

心的堡垒

停,就停在那儿,
你已到达心的堡垒。
是的,这个声音是从你的内里传来。
你静坐的新境界已然开启。
从这一刻起,你会看到令人惊叹的神迹。
你会看到总是满月的月亮。
你会看到母狮的乳房充满乳汁。
全在你内里,全在你内里。
去吃奶吧,你是狮子的幼崽,
吃个够。

与古人同行

真正的爱人对求道的路是无所畏惧的,真的。
在爱里的人与古人同行。
要知道,爱和爱人就是一个。
噢,我眼中的光,
你得的慷慨是沙姆士一个人给的。

神秘转换

让我来告诉你
神秘转换的感觉。
你在走进一个瀑布,
是带血的瀑布,
更像是血做的幕帘。
你挣扎着穿过,
有时会闭上眼。
闭上嘴,屏住呼吸。

最后,当你到另一边,
看到一片花田,
听到鸟儿啁啾,
一阵凉风吹过你的发,
你感觉到了
蝴蝶的翅拂过你。

现在你该明白为什么我们会说,
对于那些寻求扬升的人,
有很多要做的了吧。

当我听到他们说,
只有六方世界,在那之外什么也没有,
我们目之所及以外,没有任何,
我就笑了。

噢,我的朋友,有一个地方,
我去过很多次了。

爱人看起来很痛苦,
但他们内里,其实在庆祝。

内心黑暗的人,内里,
多有否定。

他们说,

不要再向扬升迈进一步
除了刺什么都没有。
爱说，所有的刺都在你内里。
别说话。

塔布里兹的沙姆士，
你就像太阳，对于喋喋不休的云。
当你升起，
你的光芒消弭了所有的话语。
看看我找到了什么？
我找到了沙姆士，我找到了太阳之春。
多么光亮，多么耀眼，他的胸膛都在闪耀。
这样亮的光，眼睛看得都快受不了。

我在高脚杯里发现，
满满的都是最好的红宝石。
爱人，青春，醉鬼，都是一回事儿。

挚爱者打破一颗大红宝石，

为红宝石矿献祭。

我有了一直追寻的秘密的内在示现。
这时,我发现我的追寻是徒劳的。
我在勇士之地寻找,
见过他们的国王,但还是离开了。
我在金牛座里寻找公牛,
结果发现了一头驴,所以我离开了。
最后,在神没有选择的地儿,
在无名的星座,
我找到了要找的,一个壮如公牛的人。
我还能告诉你什么,我的朋友,
我驶向塔布里兹,一次又一次,
但我根本没有动。

我看啊看,
猜猜我看到了什么?
在我灵魂的小船里,
看到了一个锚
牢牢地钉在地下。

现在轮到你了

去安枕而眠吧。
留我独自一人。
离开我,离开这醉鬼,
这黑夜的造物,
在爱的游戏里实在是无能为力。

这就是我,一波又一波的狂喜,
日夜孤独。
来吧,你要是能原谅我的话,
或者干脆离开,不要回头,
从我身边跑开,
这样你就不会陷入同样的痛。
如果可以的话,尽量避免这条路,
选一条不那么痛的路,这儿只有痛。
这就是我,泪湿满面,

坐在悲伤小屋的角落。
有时我想，
我脸上的泪，够盛满
上百个水磨的。

挚爱毫无悔意地大开杀戒，
他实在是铁石心肠。
没人抱怨得了，
没人能去讨回血债。

有着那么多张美丽脸庞的国王。
实在不必把他的仁慈赐予你。
噢，苍白面容的爱人，请忍耐，
你表现出善意。
这种痛比死亡还要痛，无法治愈，
我怎么能要求挚爱把它带走呢。
昨夜梦中，
在爱的小路，
我看见一位智者，他挥手，

示意我走近。

他说,路上有一条龙,
爱就像闪亮的翡翠。
凭借这翡翠的光与纯,
你就能打败这条龙。

离开我吧,我已超越自己,
我并不都在这里。
现在轮到你提升自己的天赋了。

去读一读我们真实过去的秘史吧,
好懂得世代以来的智慧。

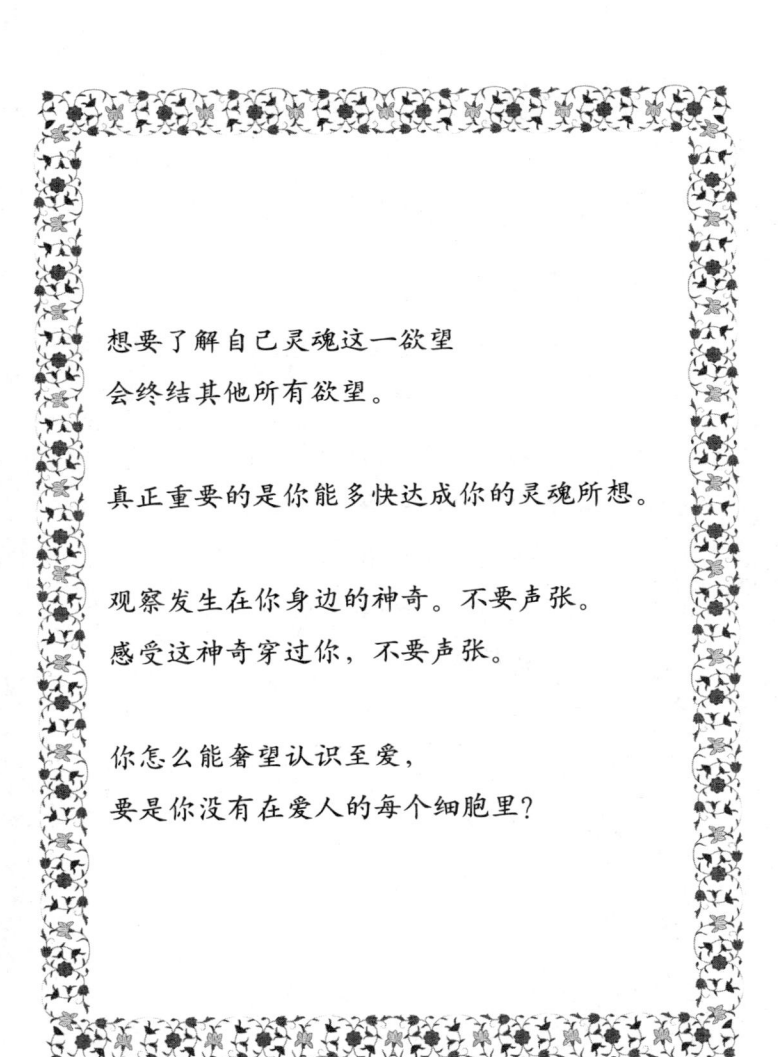

想要了解自己灵魂这一欲望
会终结其他所有欲望。

真正重要的是你能多快达成你的灵魂所想。

观察发生在你身边的神奇。不要声张。
感受这神奇穿过你,不要声张。

你怎么能奢望认识至爱,
要是你没有在爱人的每个细胞里?

采郁金香

昨夜,我的爱人来了。
他喝醉了,
开始弄我的发。
我的脸从他的脸采郁金香。
我说了你不用抱我这么紧。
别担心,我哪儿也不去。
从我的脸生出那一刻,
它就从未
远离你。

成为一面镜子

昨夜,
我找你找到天亮,
不停地哭啊,哭啊,到处找。
今天,
我的心没和我在一起,
它一定在酒馆里,
为你的归来祈祷。

爱啊,
你是灿光的影子,
这世界也不过是你的影子。
我又是你的影子。
谁见过
光与它的影子分离?
有时,影子与光同行,

有时,影子消失在光里。
看,神正与你同行,
消融在神里的全都是那光。

该是影子发光的时候了。
影子正在汲取那光。
它吸着神的光才变得明亮。
爱人和挚爱,
就像彼此的一面镜子。
一个是果,是因的果。
一个是光,是影子的光。
除非你成为那光的镜子,
否则你就不算是我们眼里的爱人。

我渴望听你说

我渴望果园、花田，
噢，挚爱，给我看看你的脸吧。
我渴望一波又一波的蜜甜，
噢，挚爱，为我张开你的口。
我渴望绚烂太阳的脸庞，
塔布里兹的太阳啊，求你散云退雨，
好让我沐浴徜徉于你的美。

我渴望听你说，
别再用这些话戏弄我。
我渴望听你说：
国王今夜不在，回家去吧。
我渴望听你说，说什么都成。
我是一头白鲸，
这生命的溪着实容不下我。

我渴望游回阿曼海*。

我渴望约瑟夫疗愈的探视,
我是雅各,没完没了地哭。
我渴望飞越重重沙漠。
你离开了,我也待不下去了,
他们把小镇的名字改成了监狱。
我的心黯淡下去,
是被这些多变的、
没有骨气的朋友弄的。
我渴望神之狮,
勇猛的战士。
我渴望燃烧的灌木和西奈山,
暗兰的儿子摩西。
我再也受不了
生命这邪恶的法老。
我渴望醉鬼的聚会,
酒桶都被打碎,
我用尽力气叫喊着。

愿人们无休止的唠叨略过我。

我渴望像夜莺一样歌唱
但只有你才能让我开口，
我是被人们的妒忌锁住了呢。

昨夜，一个智者在镇上游荡，
提着灯笼，
四处张望，
我听到他说，
我再也受不了这帮恶魔了，
我渴望，我渴望遇见真正的人。
我说，一个也没有了，先生，
相信我，我看过了。
他说，我渴望那个，找不着的那个他。

我是一无所有，
所以你想着小小的珠宝就能叫我就范？
我渴望的是那堆积如山的罕有玛瑙水晶。

隐藏了，他的戏码，
藏在每个人眼中的光。
我渴望隐藏的工匠。
一手拿着酒，
一手牵着我的爱人，
我渴望旋转，
绕着小镇广场，来一次难忘的旋转舞。

来听竖琴，你能听到它在说什么吗？
它是在说，这种等待比死亡还要糟糕。
我渴望醉鬼们的国王
那拨弦弄曲的手指。

我也是乐器，爱的乐器。
我渴望仁慈挚爱的拨弄。
继续和诗，噢，好乐师，
跟上拍子，用同样的调子唱。
我希望永远继续下去。

噢,塔布里兹的沙姆士,
塔布里兹尊贵的太阳,从东方升起。
我是戴胜鸟,
我渴望所罗门的出现。

*注:阿曼海,濒临阿拉伯海,扼守霍尔木兹海峡。

我不是告诉过你吗

我不是告诉过你吗?
不要去那个地儿。
我才是你永远的朋友。
在这个压根不存在的虚幻世界,
我才是你永生的泉源。
即使你在愤怒中迷失自我
十万年,
最后你也会发现,
我,才是你梦想之巅。

我不是告诉过你吗?
不要满足于这个世界的幻相。
我才是顶级魔术师,
我,才是欢迎的旗帜,
立在你的满足之门。

我不是告诉过你吗?
我是海,你是鱼,
不要去旱地。
我,才是你安慰的一泓水。

我不是告诉过你吗?
不要像失明的鸟掉入陷阱。
我是你的翅膀,是你翅膀上的力量,
是助你飞行的风。

我不是告诉过你吗?
他们会把你半路劫走。
会偷走你的温暖,
带走你的忠诚。
我是你的火焰,你的心跳,
是你呼吸间流淌的生命。

我不是告诉过你吗?
他们会指控你所有的错事,

他们会骂你难听的话，
他们会让你忘记，
我才是你幸福的源泉。

我不是告诉过你吗？
不要好奇你的生活会变成什么样，
你怎样才能让你的世界井然有序，
我才是你无所不在的创造者。

如果你自称是心的明灯，
那就知道通往自由门的路。
如果你是真正的求道者，那就知道，
我才是你生命部落的首领。

爱人死亡之秘

你能死好几回吗?
有濒死前的死这回事儿吗?
我们才是自己最坏的敌人,
但爱人还是想杀了我们。
我们已经没在海里,
海浪仍要杀了我们。
我们自由、快乐地给出我们蜜甜的生命,
因为那个国王,有美酒和方糖的国王
还是想杀了我们。

把脖子横在爱的匕首上
面带微笑。
不要后退,因为它是来杀人的。
死亡天使抓不住爱人,
他掌控不了你的命运。

充满爱的爱人，
只能被爱、被激情杀死。

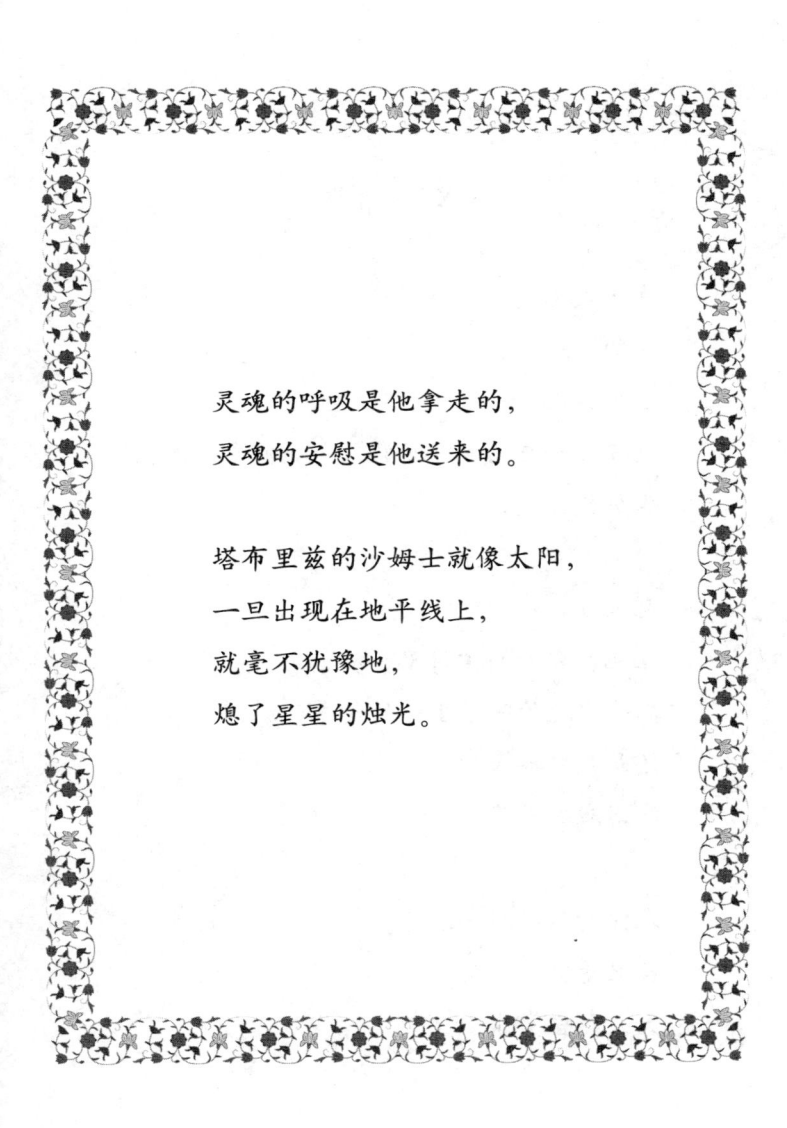

灵魂的呼吸是他拿走的,
灵魂的安慰是他送来的。

塔布里兹的沙姆士就像太阳,
一旦出现在地平线上,
就毫不犹豫地,
熄了星星的烛光。

大火吞噬了你

告诉我你是谁。
你的脸照亮我的心门。
告诉我你是谁。
一波又一波的血,一夜又一夜涌向十方。
告诉我你是谁。

死人在跳舞,
在他们盛开的棺材里。
那一定是你赋予生命的气息,
还是基督再来?
告诉我你是谁。

在你的胸膛刻一扇窗。
往里看。
大火吞噬了你,

而你甚至都没有意识到。
现在看,
火焰烧过你的胸膛,
如同挚爱的临在。
它们貌似火焰,
实则是净化我酒的杯。

你是约拿,
在鱼的身体里被捕获。
打开,打开,
看,你的身体就是那条鱼。

你的身体也许是一件圣袍,
但如果你想
变得纯洁,
脱下这件袍子,就能获得内心的纯洁。
你喝过这酒。
还有一点。
再来一轮。

好酒就在最后一口。

如果挚爱把锋利的匕首
架在你的脖子上，坐等死亡即可，
只是因为就得这个死法。

要知道，
所有的命令都得崩坏。
所有的规则都相互挤压，
正义的未来岌岌可危。
我们是革命者，秩序的破坏者。
我们是法官的讨厌鬼。
如果你的激情要让你等到明天，
给他一记耳光，别信这个伪君子，
哪怕一分钟。

他不卖酒给你，他把酒撒进风里。
他会弯腰，但不知道怎么鞠躬。

从激情的冬天，
我带来一堆雪，
就像善良的请求本身。
小心，有很多层意思
藏在这个谜里。

噢，塔布里兹人的荣耀，
真理化身的沙姆士。
在这几世间，
竟在你面前装模作样，好愚蠢的把戏。

一次一根

爱再一次
倾泻在我那天花板和墙上。
再一次,
爱之狮露出它致命的爪子,
我那鹿一般的心渴望着鲜血。

满月夜又到,
是时候疯起来了。
我所有的渊博学识就只剩下后悔了。

再一次,
爱在我的身体里又发起一轮反抗,
不过,我的心里也再放了一把火。

失眠拿走我的耐心，
雨水冲走我的幻相。
爱人让我丢了工作。
可我的工作又有什么用？

你想知道爱人的血统，
让我来告诉你吧。
看看爱人的发，
那些发光的发。
它们就在那里，一次一根。

再一次，飞升，飞升，飞升，
复活的时间到了。

就像花园燃烧的样子
是秋天里的上百种橙色，
爱人的心等得都枯了，
只为一丝丝挚爱的触摸。

现在，那个烧焦的花园的脸
是我的花田。

狂喜的时刻已到，
噢，我被囚禁的身。
健康的外衣已到，
噢，我脆弱的心。

看呐，有两百颗星
围着我的月亮跳舞。

我那爱的生意风头正劲
但顾问不要信。
我可受够了顾问、专家。
他们可是叫你冒牌货贾法尔来着。
岂不知，
你是我的飞鸟沙姆士。

一切你所求。

一切你已是。

INSPIRED POETRY
FOR THE 21ST CENTURY
鲁米：为21世纪赋予灵感的诗

•⁀ɔ⌒ɔ‿•

本章诗歌的灵感来自鲁米的教导，由沙赫拉姆·希瓦所写，来自音乐专辑《爱的进化：原创歌曲和鲁米的灵感诗歌》。

这就是觉醒

你被宇宙的漩涡催眠。

你是永恒寂寞的火花,
有着独特的体验,
在不断变换的实相里。

你是光的螺旋,
火样的泉,
雨水样洒下的阳光。

是的,你能驾驭爱。
是的,你可以是爱。
爱是你应得。

你所追寻的一切，
都隐藏在这个真理中：
爱自己。
爱自己。
爱自己。

是的，你能驾驭爱。
是的，你可以是爱。
是的，你可以给出爱。
是的，爱是你应得。
你就是爱。

爱的进化

所以,我谈的是爱,
是的,我谈的是爱,
还有声音的化学。
我谈的是希望,
还有提升的需要。
我谈的是信仰。
要睁大我们的眼睛。
我谈的是你,
那秘密就是你的心。

放手,
学会忘掉你已学到的,
学会成为爱,并且进化。

打开自己,

是时候提升你自己了。
打开，打开，打开自己，去改变。

所以，我谈的是爱，
我们的爱是关于秘密。
我们的秘密就在你内里。

我们来谈谈你吧。
有些心是进步的
有些心是退步的。
你的心是哪一种？

你是向前推进，
希望改变？

还是紧抓过去不放。
躲在一成不变里？

是的，

我谈的是爱,
我谈的是你,
那秘密就是你的心。

放手,
学会忘掉你已学到的,
学会成为爱,并且进化。

打开自己,
是时候提升你自己了。
打开,打开,打开自己,去改变。

这是为了爱
和进化的需要。
这是为了改变
和转换的需要。
这是为了希望
和成长的需要。
这是为了你
和你美丽向上的心。

你本无罪

听着，我爱，
你的灵魂永远是完整的。

不要在意目的地，
不要在意结局，
不要在意好坏
或对错。

从过去得到成长，
但紧抓当下。
当下一直在进化。

结局是永恒的，
它永远都在向前。
就像有数十亿颗恒星，

也有数十亿的步子。
因为有
数十亿的灵魂,
有
数十亿种成长方式。

昨夜,
在所有国家的屋檐下
一个红衣女
说到自我觉醒。
她说,
我完全觉醒了。

听着,我爱,
觉醒是永恒的。
它永远不会满溢。
进化是永恒的。
当下一直在进化。

结局是永恒的。
它永远都在向前。

就像有数十亿颗恒星，
也有数十亿的步子。
因为有
数十亿的灵魂，
有
数十亿种成长方式。

听着，
我爱，
你的灵魂永远是完整的。
你不会受伤，
你根本不会受伤。

听着，我爱，
当你开辟自己的路
在这永恒的欢乐之旅，

拿出勇气
保持开放，
自由，
脱离罪恶感，
在永不终结的终结之中。

控制

你什么都明白了。
你弯身鞠躬做得真好。
你不断念我得名字,
那么大声!

你的吃食,其实是割自己的肉,
挖自己的眼。
你读过永恒转动的
星星和轮子的故事。
你以为自己什么都明白了。
你以为自己什么都明白了。

你就是你想要的一切,
你就是你所需要的一切,
你就是你所追寻的一切。

你信的故事
都是关于好神的。
你信红、白、黑、蓝
的火花。
是的,
你扭过脸。
以为自己什么都明白了。
以为自己什么都明白了。

你换着花样地信这信那。
换着花样地受控。
噢,朋友,
这可是恶性循环,意在收买你的灵魂。
这可是恶性循环,意在收买你的灵魂。

你以为自己什么都明白了。
你以为自己什么都明白了。
你就是你想要的一切,
你就是你所需要的一切,
你就是你所追寻的一切。

光+暗=合一

走中道,
没错,
走中道。

拥抱完整的你,
而非残缺的你。

不要走极端。
拥抱你光明中的黑暗。
生命里的欢乐。
平静中的混乱。
不变中的变。

定高调,唱高音,
这是大师班。

入场券是有代价的,
要把旧的自己抛在脑后。

让你的灵魂摆脱传统的束缚。
丢掉变着法儿掌控你的头脑。

你就是一切的源头。
你就是自己崇拜的神。
你就是自己追寻的神。

从你的自我走出来。
从你的牢房走出来。

我们当下就是永恒的存在,
只是装在三维地球的身体里,

从你出生那一刻,
逃生门就在你面前。

带着你的头脑逃离,
带着对自由和提升的渴望逃离。

你是星光,
混合了能量的物质粒子。
你生于光,并将归于光。

像火焰一样示现自己,不受时间之限。
给自己的内在附上能量。

享受这份恩赐吧,尽情地享受。

现在给我好好听着,
疗愈了你的伤,
我就让你跳舞。

ABOUT SHAHRAM SHIVA
关于沙赫拉姆·希瓦

沙赫拉姆·希瓦是作家、编剧、诗人、唱片艺术家，屡获殊荣的鲁米诗歌笔译家和口译家。

他是鲁米诗歌网的创始人，也是鲁米波斯语诗歌先锋翻译和推广者之一。

沙赫拉姆·希瓦翻译的鲁米诗歌在约300本英语和其他语言的书籍中被引用、提及。

沙赫拉姆·希瓦是资深心灵老师（扬升大师）。他以丰富而引人入胜的音乐会和表演、迷人的演说和赋能体验式研讨会而闻名。

他的赋能灵性教学专注心灵的未来、意识扩展、自我赋能、觉醒、扬升和自我实现。

沙赫拉姆·希瓦的新书有《鲁米：醒来的人》《自我觉醒的12条秘密法则》和《鲁米未解之谜》。他的最新专辑是《爱的进化》。

沙赫拉姆·希瓦的书目

《鲁米：醒来的人》。

《自我觉醒的12条秘密法则：来自现代神秘主义者的觉醒与扬升指南》。

《鲁米未解之谜：来自三十年的研究》。

《蜕变式旋转舞：沙赫拉姆·希瓦已获验证的独特四步旋转法》。

《鲁米：偷走睡眠的人》。迪帕克·乔普拉作序。

《嘘，对神，什么都不用说：鲁米激情诗歌》。

《褪去面纱：鲁米文学与诗歌翻译》

《天堂之上的花园：鲁米神秘诗歌》。与乔纳森·斯达合著。

沙赫拉姆·希瓦的唱片

《爱的进化》,收录 10 首歌。鲁米诗歌谱曲,沙赫拉姆·希瓦原创歌曲兼而有之。由格莱美奖得主丹尼·布鲁姆和沙赫拉姆·希瓦共同制作。

《鲁米:醉爱(新版)》,2012 年发行。重新灌录版,音质改进,封面重新设计。共收录 10 首歌,歌词源于鲁米的诗歌,由沙赫拉姆·希瓦翻译和诠释。本唱片由奥列佛·格雷森特和沙赫拉姆·希瓦共同制作。

《鲁米:醉爱》,收录 10 首歌,歌词源于鲁米的诗歌,由沙赫拉姆·希瓦翻译和诠释,奥列佛·格雷森特和沙赫拉姆·希瓦共同制作。

POSTCRIPT BY TRANSLATOR
译后记

白蓝

这本小诗集,我翻译后,校对了不下十遍。每次校对,都会忘情地朗读。朗读的时候,心总会很快平静下来,也会一次再一次地被提醒:认识内在的自己,才是此生唯一真正要做的事,其他都是随顺。

诗中信手拈来的都是这种提醒:

你若识得自己真正的美,崇拜自己就够了。

这宇宙不在你之外。要向你的内在去看。

我对这世间无感。
我只想寻求一切的源头。
我只要源头。
我只为源头歌唱。

也一再提醒我们:你就是一切的源头。整个世界都是虚幻的,只有你存在。

在这个压根不存在的虚幻世界,

你才是你永生的泉源。
当你在自我觉醒的路上成长，
你会发现只有你存在。

如此之后，内心会无比放松。头脑的念头，便不会干扰我那么厉害。世间的俗事，便更容易让其顺其自然。也更期待，进入内在的自己，体会酒醉、神迷，充满爱和喜悦的状态。我前面几十年的岁月，其实一直都在做种种努力，有过这种酒醉神迷的状态。有了之后，便特别想保持在这种喜悦癫狂的状态。因为，"没和挚爱说过话，灵魂能有什么样的快乐"？

2018年，在长白山，我无意随着山间行者的鼓声，进入了一种自动旋转的状态。甚至可以自如地上下翻飞般的舞动，丝毫不觉得累，仿佛可以永远这样转下去。鼓停人歇，心却要井喷出窍似的。当时身心的状态像极了诗中所写：

我的头要炸裂，

因着未知的喜悦。
我的心大了一千倍。
每一个细胞，
都长了翅膀。

鲁米的诗，就是一种真正的提醒。每看一次，每念一次，便会起到这种提醒的作用。而且，是一种很美的、很艺术的，能量高昂的提醒。

于是，鲁米的诗，就不单单是诗了，而是一种由心而发的、自由自然的、润物细无声的智慧。没有什么宗教般的教条，却真正起到了无形的教化作用。鲁米的诗，就像从源头的山间流淌下来的泉，时而潺潺，时而湍湍。不管怎样，都有通心、醒脑之效。

你的内在，盛有清晨，正欲跳进光里。

我变成一片玫瑰，
对我，你就像风，

载我飞一程。

我喝醉了，月亮恋爱了，
黑夜疯了。

昨夜，
我的现实松了绑，陷入癫狂。

有时，我潜入海底，
有时，像太阳一样升起。
有时，宇宙因我而孕育，
有时，我生出宇宙。

鲁米的诗，也是很专一的"情诗"。他爱他的点化导师沙姆士，如同太阳一般的存在。

他爱和内在的自己通上电的事，别的似乎与他统统无关。

你怎么能奢望认识挚爱，

要是你没有在爱人的每个细胞里?

塔布里兹的沙姆士,
你就像太阳,对于喋喋不休的云。
当你升起,
你的光芒消弭了所有的话语。

一旦和内在的自己链接,通上电,任何其他在他眼里才是真正的诗,才是真正的鲜活。他也才既能享受,又能随时放下。正如诗中所说:

沐浴在你的光里,我学会了怎样去爱。
沐浴在你的美里,我学会了怎样做诗。
你在我胸膛里跳舞,没有人看见你,
但有时我看见,正是这种看见
成了诗。

觉醒的鲁米,心也是奔放的、疯狂的、不羁的,社会、宗教的种种藩篱,在他那里,已没有任何的力道。

鲁米，像极了我在长白山里遇到的神秘行者，如同他和他的导师沙姆士一般的存在，他们都过着自由放光的日子，都有着内在甚深的、入定后的神奇体验。如同鲁米，行者也见到了内在十万个太阳都不可比拟的亮光，从此天上地下，只有你问不到的，没有他不可说的。

一轮灵魂的月照在我的心路。

在我的心底，
升起一颗星，
竟令七重天堂失色。

是的，这个声音是从你的内在传来。
你静坐的新境界已然开启。
从这一刻起，你会看到令人惊叹的神迹。
你会看到总是满月的月亮。
你会看到母狮的乳房充满乳汁。

当我静默，我便滑入一处秘境，
万般皆妙乐。

在你的胸膛刻一扇窗。
往里看。
大火吞噬了你，
而你甚至都没有意识到。
现在看，
火焰烧过你的胸膛，
如同挚爱的临在。

这位行者，不仅写出了类似鲁米一样的诗，甚至还可以引吭高歌，把这些诗都唱出来。

我是一个自然的人
我是一个至上的魂
我是一个无生的神

虚空是我的衣

宇宙是我的皮

光音是我的眼

群星是我的脸

无上爱海是我的髓

天河是我流淌的水

光音是我的歌

音流是我的曲

究竟我在哪儿呀

我就在它里

我就在你里

我就在造化的万物里

思念我的时刻

我感动不已

你我早已相遇

只是你失去了记忆

在你平静独立的时刻

我必然与你相遇

我是你唯一的主

永远也不会离去
见我时你的欢喜之爱
必然流遍虚空 包容全宇
喜乐之情无法言语

我很幸运,能够联结古代波斯的鲁米,一赏其诗歌通透、觉醒的美和力量。我更幸运,能够找到活在我身边的当今的鲁米,既能欣赏,也能随时随地得到解惑,还可引吭高歌几首,让内在的自己偶尔地临在,一瞥内在真正的美与震撼。

望你也有这样的幸运。望你也终能瞥见、联结内在的自己。只需联结,无需寻找。因为,醒来的你就是一切的源头。来。

2023年3月21日